아스팔트에 핀
꽃

아스팔트에 핀 꽃

발행일   2020년 11월 9일

지은이   이정우
펴낸이   손형국
펴낸곳   (주)북랩
편집인   선일영   편집   정두철, 윤성아, 최승헌, 이예지, 최예원
디자인   이현수, 한수희, 김민하, 김윤주, 허지혜   제작   박기성, 황동현, 구성우, 권태련
마케팅   김회란, 박진관, 장은별
출판등록   2004. 12. 1(제2012-000051호)
주소   서울특별시 금천구 가산디지털 1로 168, 우림라이온스밸리 B동 B113~114호, C동 B101호
홈페이지   www.book.co.kr
전화번호   (02)2026-5777   팩스   (02)2026-5747

ISBN   979-11-6539-453-0 03810 (종이책)   979-11-6539-454-7 05810 (전자책)

이 도서의 국립중앙도서관 출판예정도서목록(CIP)은 서지정보유통지원시스템 홈페이지(http://seoji.nl.go.kr)와
국가자료공동목록시스템(http://www.nl.go.kr/kolisnet)에서 이용하실 수 있습니다.
(CIP제어번호: CIP2020046881)

아스팔트에 핀

꽃

이정우 시집

북랩 book Lab

다듬어지지 않은
빈 돌멩이 하나

망치를 들고 있는 석공이
쪼아 댄다
수 번, 수십 번, 수백 번

보잘것없는 돌멩이
여기저기에 놓여 있는
돌멩이

다듬고 또 다듬어진
돌멩이들은
꿈을 꾼다

돌멩이들을 다듬기까지
석공의 아들은
새 공구를 건네며

아버지의 뒷모습을
바라봤다

이제
지난 돌멩이들이
새로운 꽃을 피울 수 있도록
꽃망울
하나를 만든다

척박한 땅
아스팔트에서도 꽃을
피우기 위해

2020년 가을에
이정우

송편이 여문다

하늘의 보름달이

어린아이의 꿈으로
안방에 들어온다

안방에서
달나라의 꿈을 꾼다

은하수 하늘나라에
날갯짓을 하며

하늘 창공에 날아갈
꿈의 원천을 찾는다

하얀 보름달의 꿈을
우주에 심기 위해

꿈의 씨앗
작은 반달을 만든다

손끝으로 만든 꿈을
가슴에 심는다

가슴에는
주렁주렁 달린 송편이

꿈을 자랑하며
하얀 보름달로 여문다

벼가 익어가는 소리

벼가
나이가 들어가나 봅니다

벼가
나이를 먹으면
허리가 꼿꼿해지다가

세월에 익으면
고개를 떨구듯이

세월 따라
바람 따라
풀벌레 소리 따라

벼가
소리를 듣나 봅니다

벼가
익어가는
소리를 듣나 봅니다

파도에
소리가 일렁이듯이

벼가
소리에
일렁이고 있나 봅니다

움츠러든 가을

올가을은
코로나19에 밀려
움츠러든
마음으로 오고 있나 보다

활짝 펼치지 못하는
마음으로
주눅 들어 있나 보다

주먹 쥔 손으로
마음의 빗장을
걸어 잠그고 나왔나 보다

하늘을 향하여
손을 펼치지 못하고
고개 숙이고
거리 두기를 하나 보다

단풍 물이 들어가고 있는
가슴을 감추기 위해

다가와 안기는
갈바람을
움츠리며 피하고

작은 마음으로
하늘을 가리고
흩어지고 있나 보다

그래서
올가을은 움츠러든
마음으로
집 안에 들어오지 않고
창문 밖에서
서성이고 있나 보다

가을 햇살

햇살도 가을을
타나 보다

가을이 왔다고
햇살은 몸무게를
줄이며 다가온다
뜨겁던 햇살의 살결은
따스한 햇살의
가을 살결이 된다

햇살도 가을 분위기 속에
들어오나 보다

가을이 왔다고
햇살은 과격한 성격을
과감히 끊어버리고
부드럽고 다정한
가을 심성이 된다

햇살도 가을 신부가
되나 보다

가을이 왔다고
햇살은 신랑 맞을
준비에 더 분주해지고
아름답고 눈이 부신
하늘 공주가 된다

갈바람은 흔들어 댄다

가을이 왔다는 소식을
전하기 위해
갈바람은
온몸을 흔들어 댄다

근심주머니 속에
담아 놓은
뜨거운 여름 걱정이
모두 빠져나가길 바라며
마음을 요동치고

고추잠자리와 함께
길가의 코스모스는
꽃향기를 풍기기 위해
지그재그로
날개를 활짝 펴서

가을은 언제나
삐뚤빼뚤
흔들거리는
걸음으로 걸어오면

가을로 들어가는
길목은
울퉁불퉁
비포장길로 들어가려고

그래서 갈바람은
흔들흔들거리고
들어가는 길목을
붙잡아 마구 흔들어 댄다

여름이가 가을이 된다

세월이 오버랩 된다
초록 옷이 점점
빨강 옷으로 오버랩 된다

여름이가 가을이가 된다
계절이 오버랩 된다
여름 시간이
가을 시간으로 흘러간다

흐르는 시간은
멈춤이 없다
가지 말라고 꼭 붙잡아도
매정하게 뿌리치며 흘러간다

지축을 잡고 흐르는
지구를 따라 흘러간다

온 세상에 있는
모든 시계를 가슴에 품고
지구의 시계는 흘러간다

거침없이 흘러간다
여름이가 가을이의 옷을
갈아입는다고 해도

상관하지 않고
지구의 시계는 흘러간다
세월이 오버랩 된다

고추잠자리의 가을

냉공이 하늘에서 내려오고
무거운 긴장감은
가을 소리에 풀어 헤쳐지면

팽팽한 마음의 심줄은
흐느적거리는
코스모스 허리에 감아

서쪽에서 불어오는
가을바람에 온몸을 맡겨
함께 흔들거리며

풀잎에 맺혀 떨어지는
이슬방울이 영롱한
진주 구슬 되어

붉은 나뭇잎 가슴에
목걸이로 걸리고
이제는 가을의 정취를 그리며

그리움을 재촉하듯
높이높이 올라가는
뭉게구름 사이로

고추잠자리의 날갯짓은
풍성한 가을이
왔다고 손짓한다

가을이 왔다는 소식을

바람으로 불러 본다
흔들거리며 살랑거리는
실바람으로 다가서 본다

바람갈이 하는
뜨거운 공기는
동구 밖으로 물러 나가고

선선한 바람이
과일 향기로
부르는 소리를 듣고
얼굴을 살짝 내밀어 본다

바람과 함께
날개를 달고 하늘 높은 데까지
올라갔던 팔랑개비가
기분이 업 되어 돌아온다

훨~훨~
코스모스 피어 있는
꽃길 따라서
날개 달고 날아서
돌아온 새털구름이

가을이 왔다는 소식을
전해 듣고 날갯죽지
활짝 펼쳐본다

가냘픈 코스모스로

우주의 기운으로 꽃잎을 피우는
가을의 전령사
당신을 향하여 서 있는
저녁놀입니다

뜨거운 여름날의 긴 휴식처럼
저녁 햇살은
당신의 가슴에서
가장 아름다운
색깔 하나를 뽑아내어

우주 안에서
가장 멋진 세상을
그림으로 그리고 싶습니다

세상이 너무 혼란스럽게 변하는
어지러운 세태가
너무 부끄러워서

살랑거리며 불어오는
가을바람에도
살짝 얼굴을 붉히고

저녁놀에 비치는
작은 햇살 하나를 취하여
가냘픈 우주로
피어나고 싶습니다

2부

태풍이 찾고 있는 보물

태풍이 찾고 있는 보물

우주가 바짝 긴장한다
지구의 자축이 뒤틀어지고
자전 속도가 빨라진다

우주의 별자리에 있던
블랙홀이 태풍의 눈이 되어
지구에 살며시 내려와
지구의 심장을 꿰뚫고
있기 때문인가 보다

하나님이 찾고 있는 잃어버린 보물을
태풍이 눈을 크게 뜨고
찾고 있나 보다

태풍과 마주치는 모든 것들은
너무 긴장한 나머지
심장이 꽁꽁 얼어 버렸나 보다

길가에 서 있는 나무도
너무 긴장하여
뿌리를 하늘로 올린다
전기를 보내는 송전탑도
너무 놀라 심장에서
빨간 피를 하늘로 토한다

태풍은 보물을 찾아서
땅 위에 있는 것들을
하나님이 계신 하늘로 올리고
하나님은 보물을 찾고자
하늘에 있는 것들을
땅 위에 있는 태풍에게 보낸다

그런데 태풍이 찾고 있는
하나님의 보물은 세상이 얼마나
혼란스러운가를 큰 눈으로
지켜보고 있나 보다

태풍의 눈으로 온다

태풍이 우주에서 내려온다
눈에 보이지 않는 작은 별나라
뜨거운 바람 휘날리며
달팽이 걸음으로 돌아서 온다

차가운 기운에 눌려 있는
냉가슴 쓸어 내려고
빨갛게 달궈진 적도의 날개
활짝 펼치며 날갯짓하고 온다

시대의 흐름에 역행하는
목소리를 바로잡으려고
시곗바늘 거꾸로 돌리며
거대한 소용돌이로 온다

정체성을 잃고 쓰러져
다시 일어나지 않을 것 같은
안주함으로 수면 아래 깊숙이
숨어 있는 물 심장 꺼내려고

새로운 영혼을 깨우며
지구를 거꾸로 세워 돌리고
우주의 대역사에 육지로
바닷물을 당겨 끌어 쓰기 위해

이제는 하늘 높이 올라간
태풍의 눈으로 바다 깊은 곳까지
찾아가서 뜨거운 열기 발산하려고
바람개비 돌리며 온다

폭풍전야

힘의 쏠림이
한곳으로 집중되는
시간의 고요

더 이상 앞으로
전진할 수 없는
대치국면 속에

조금만 움직여도
폭발할 것 같은
힘의 위중은

갑자기 무언가가
뛰어나올 것 같은
긴장감으로

마음 깊은 곳에
숨겨놓은 비밀의 문이
열리는 듯

아무리 무력을
가해도 저항하지 않고
있다가

꽝 하고 터트릴
순간을 고이
간직하면서

모든 것 완전히 정지된
순간에
긴장의 끈을 당긴다

태풍의 리셋 작업

우리가 일을 잘못하고 있나 보다
엄청나게 큰 잘못된 일을
저질렀나 보다

하늘 구름이
그 잘못된 일을
바라보고 노하였나 보다

하늘 구름은
속에 끓어오르는 분노를
참고 또 참고 있다가
이제는 안 되겠다고 하며
갑자기 폭발하는
물 화산이 되었나 보다

하늘 구름은
속이 터지는 현장을
바로 코앞에서 목격했나 보다
부끄러운 장면 때문에

물불을 가리지 않고
거대한 물 바람과 물 폭탄을
만들고 있나 보다

하늘 구름은
공중 권세를 잡고 있는
흑구름에게 명령하고
바다 권세를 쥐고 있는
높은 너울에게 요청하여

모든 것을 처음으로 돌리고 싶어
태초의 우주 모양대로
빙글 뱅글 크게 돌리게 하고

부끄러움이 없는
새로운 처음 세상이 되길 꿈꾸며
리셋 작업을 하나 보다

장마 물러난 후 산책

물난리의 통곡 소리가 들릴 것 같은
거리에 빗물이 되기 직전의
습한 공기 속을 뚫고
나는 산책길을 나선다

산책길 따라 배회하는 날벌레 떼가
출발선에서 초록 신호를 먼저
기다리고 서 있다

격한 장맛비 속에서도 솜털 하나
꺾이지 않은 가로수
더 푸르름이 싱그럽게
속살까지 두툼한 몸매를 자랑하고
일렬로 도열해 거리를
뜨겁게 달구며
산책 나온 나와 친구하고 싶어
손을 내민다

긴 장마 속 오랜만에 산책 나온
태양도 서산 너머로 들어가고
가로등이 이제는
자기 세상이다 하며
얼굴을 내밀어 손에 등을 켜서
머리 위에 치켜세우고
지나가는 나그네의 산책길을
환호하며 비춘다

이제 그리워했던 산책길은
온몸이 장맛비를 맞은 것보다
더 뜨겁게 심장에서 펌프질하는
땀방울로 용솟아 오르고
기억 저편에서는
물난리 통곡 소리가
들리는 듯하지만

나는 또 다른 통쾌한 소리를
시원하게 듣는다

내 몸 구석에 숨어 있는 장맛비

소리보다 더 뜨거운

땀방울 소리를

장마 스쳐 간 산길

장마의 상처들이
흩어진 팔월 산길에
빼곡히 들어앉은
신록 바람으로 아린다

엄마 아빠 새는
솔잎 향기 사이로
날아다니며
애처롭게
아기 새를 부르고

상처 난 흔적들
아픔을 감싸지 못해
울고 있는 나무들에게
위로의 노래를 전한다

찢어진 산허리
부여잡고 서 있는
가슴이 훤히 보이는

나목의 얼굴을
애써 외면하며

신록 바람은
장마 스쳐 간 산길
오르면서
눈물 자국 지운다

우산의 사명

살며시 살랑살랑 내려와
나의 온몸을 촉촉하게
유혹한다고 해도

갑자기 우두둑하고
나의 심장을 때리며
우격다짐한다고 해도

거센 비바람과 함께
내가 이겨낼 수 있는지
힘겨루기한다고 해도

나는 언제나 너의 보호자
가슴 활짝 펴서
우주를 향하여
내 얼굴 내밀기만 하면

어떤 나약함도
또 다른 비굴함까지

나는 너를 안전하게
지켜줄 수가 있다

빗물은 둥글둥글하게

빗물은 둥근 마음으로
둥글게 올라가고 싶어
둥근 우주를 바라보며
땅에서 하늘로
둥글둥글하게 올린다

빗물은 둥근 눈망울로
둥글게 떨어지고 싶어
둥근 지구를 바라보고
하늘에서 땅으로
둥글둥글하게 떨군다

빗물은 둥근 모습으로
둥글게 보여주고 싶어
사각형의 인간들에게
둥근 세상의 모습을
둥글둥글하게 보이고

떨어지는 빗물 속에
둥근 모습 그대로
둥글게 간직하고 싶어
낭떠러지 처마 끝에
둥글둥글하게 매단다

빗물 방울

빗물 방울이 하늘에서
다급하게 떨어진다

갈급한 마음 안고
119 신고받아 떨어진다

허전한 마음 밭에
촉촉이 적셔줄
은혜의 단비가 되어

마음이 울적한 곳까지
다급하게 찾아가

해갈의 빗물 방울로
흩뿌리며 지나갈 때마다
촉촉한 손 내민다

이것은 기쁨의 단비라고
마음껏 마셔도 된다라고

또르르 방울 굴리며
허전한 마음 밭에
퐁당퐁당 떨어진다

폭포 비

하늘 천장에 구멍을 내고
여름 장마용 빗물 항아리를
인정사정없이 쏟아 엎는다

여름 장맛비 내리겠다는
예고장만 던져놓고 거대한
물 폭탄을 마구 투하한다

노아 홍수 때 사용했던
빗물 저장고의 밸브를
활짝 열어 버린다

찔끔찔끔 내리는 비로는
지워질 수 없는 더러움이 너무 많아
마음먹고 청소를 하려나 보다

폭포 비로 씻어내야 할 만큼
지저분한 우리의 죄악이
마음속에 넘쳐났기 때문인가

하늘 천장에 구멍을 내고
폭포 비가 우리 마음속 깊은 곳까지
들어갈 수 있도록 장대를 세운다

장마 상륙을 앞두고

하늘이 요동치고 있다
천지개벽의 꿈을 꾸고 있다

갑자기 몰려오고 있는 먹구름은
시대의 흐름을 감지한다

점점 뜨거워지는 열 기운은
찜통더위를 예고한다

동산의 나무는 흔들리지 않으려고
발끝에 힘을 모두 들이고 있다

혼자 서 있는 돌멩이는 불안해하면서
몸을 어느 곳에 숨겨야 할지 망설인다

흐르는 시냇물은 그냥 유유히 흐르지만
마음만은 초조하게 흘려보낸다

어느 것 하나 잠잠한 구석이 없다
모두가 거꾸로 서 있는 마음이다

바로 서 있게 할 방도를 찾고 있다
변혁이 꿈을 잠들지 못하게 한다

하늘이 뒤뚱거린다
장마 상륙을 앞두고

3부

코로나19 시대의
일상

코로나19 시대의 일상

하루를 보내는
코로나 시계가
19시를 가리키며
이제는 캄캄한 저녁 시간
이리저리 비틀거린다

갑자기 넘어졌다가
다시 일어나
중심 잡기를 한다

완전히 뒤로 넘어지기
일보 직전에
위기의 터널 속을
헤맨다

삶의 모양새는 일직선이
아닌 삐뚤빼뚤이다

일상은 언제나
불완전의 연속

완전을 향하여 달리기하는
외줄 타기 선수다

넘어져도 다시
일어나 달리는 오뚝이 선수가
다시 불안하게
중심 잡기를 한다

오늘도 위급 상황에서
일상의 코로나 시계는
하루가 저물어가는
19시에 멈추어 선다

배관 실습

나사를 깎는다
흐르는 땀도 깎고
마음의 욕심도 깎고
정직하게 흐르는 배관 줄기를
깎고 깎아서
다듬고 정련시켜
산업의 모든 대동맥
심장의 박동이 되는
나라의 에너지 원천을
깎아 낸다
파이프를 자른다
쓸모없는 생각도 자르고
절제하지 못하는 마음도 자르고
하루의 시간
바르게 사용할 수 있게
불필요한 시간도 자르며
함축적으로 다가오는
설비의 꿈을 위해
내려놓는 연습

자르기를 한다

배관을 조립한다

흩어져 있는 부분

따로 떨어져 있는 생각

혼자 있을 때는

아무것도 아닌 것들을

한곳에 모아 조립한다

부분은 쓸모없는 지체

조립이 되면

큰일을 일구어낼 수 있는

용기로 재탄생

깎고 잘라내어

절망을 버리고

부풀어 오른 꿈으로

미래의 설비 세상을

조립한다

가슴에 스펀지를

나의 가슴에 스펀지를
들여놓고 싶다
눌러도 흔들어도
변함없이
처음으로 되돌아가는
스펀지를 들여놓고 싶다

아무리 큰 대못이
나의 가슴 깊은 곳에
들어온다고 해도
숭숭 뚫어진 스펀지 구멍은
아무런 상처 없이
그냥 지나갈 수 있겠지

하지만 나의 가슴속에
세월의 무게가 짓누르면
스펀지 구멍도
점점 작아질 수 있겠지만

작은 상처에도
쉽게 아물지 않고
작은 못 자국에도
쉽게 상처 날 수 있겠지만

나의 가슴에 들어온 스펀지가
단단하게 굳어져서
처음처럼 완전 복귀가
안 된다고 해도

이제는 눌러도
흔들어도
처음으로
되돌아가지 못한다고 해도

나의 가슴에 스펀지를
들여놓고 싶다

까만 어둠 속 수채화

까만 어둠이 밀려오면
거리의 화가들은
여기저기에서
각자의 물감 통을 들고
거리에 나와

광장에 펼쳐놓은
도화지 위에
수채화 그림을 그린다

어둠을 녹여
빛의 색깔로 만든
현란한 색상들이
춤을 추듯이
그림 속으로
빠져들어 간다

어둠이 짙게 내려오면
거리의 화가들은
가로등 불빛 빌려서
눈부신 색상들을
거리에 펼쳐놓고
퍼즐 맞추기를 하듯이
색상 맞추기를 한다

세상은 어둠에
잠들어 있지만
거리의 그림은
또 다른 세상을 꿈꾸며
새벽을 깨우고 있다
까만 어둠이 밀려가기까지

LED 가로등

어두워지기만을 기다려
기린이 목을
높이 빼 들고 자랑한다

태양 아래에서는
있는 듯 없는 듯
고개를 푹 숙이고 있다가

달이 떠오르고
별이 빛나는
밤이 찾아오면

기린의 세상
목을 하늘 높이
더 높이 쳐들고

온 세상 사람들에게
기린의 목이 얼마나 아름다운지
자랑부터 해 댄다

진주 목걸이 하나
걸치지 않고도
고귀한 자태를 뽐낸다

우아한 빛깔에
첨단 LED의 눈빛으로
섬광을 발산한다

달님도 별님도
있는 듯 없는 듯
초라하다고 무시당하며

이제는 고개 들지 못하고
아침 해 밝아지기까지
기린의 목에 주눅 든다

제습기의 사용 설명서

눅눅함의 정도를 오름차순으로
정리하여 순서를 매기고
기계장치 속에 강제로 집어넣어

피부로 느끼는 감촉에 따라
몰려들어오는 불쾌지수는
점점이 쌓이는 점도로 견주어
방 안에서 시동 거는 엔진룸의
보닛을 열고 시간과 농도
적당하게 따져서 알맞게 섞고

방구석에 처박혀 있는 수맥을 잡아
둥둥 떠다니는 물줄기 길을
심장 속에 있는 물동이와 연결하고

습한 공기주머니를 쥐어짜내어
과격하게 들어오는 단물만 삼킨다

방울토마토

어젯밤 하늘에서 반짝이던
별들이 아침 이슬방울
커다랗게 입에 물고
토마토 아기가 된다

별빛 속에서 태어난
아기가 아장아장 걸음마
걸음으로 토마토 나무에
주렁주렁 매단다

하늘의 사연들이
가득해서 그럴까
빨간 별들이 초록별이 되어
땅 아래에서도 주문을 왼다

사연들이 햇살에
드러날 때면 빨갛게
무르익는다고 해서
하늘의 태양을 바라본다

이제는 아기 눈동자로
총총하게 토마토 나무에
매달린 하늘의 별들이
토실토실하게 여문다

삼색 볼펜

얼마나 깊은 사연 실올로 빼내어서
말하고 싶었을까

하고 싶은 말 까맣게 응축되어
말이 글이 되고
생각이 가슴속에 들어가
글심이 되는 까만 진액
손으로 한 땀 한 땀
땀 흘리며 써 내려가는
인고의 빨간 핏물
때로는 하늘의 파란 신비
공책 가득하게 내려와서
못다 한 말이 글로
그림 한 폭 그리어 놓고

맺힌 한 모두 다
실타래처럼 풀어놓는다

사연을 빗물로

창가에 맺히는 빗물 방울
가슴에 숨어 있는 그리움을
솟구치게 손짓하고 있나 보다

가만히 있지 못하고
이내 흘러내는 눈물 되어
내 속 깊은 곳에 들어가고 있나 보다

어떠한 소용돌이에도
미동도 하지 않고
응어리진 구석
흔적으로 남아 있는
생채기를 찾아

사연을 빗물로 감싸 안고
아픔을 지우며
흘러내고 있나 보다

머플러가 춤을 춘다

자동차 맨 끝자락에 앉아서
세월의 긴 한숨을 내쉬고 있는
머플러가 자유를 갈망하고 있다

방지턱 오르락내리락할 때에
맞추어 고개를 끄떡끄떡하며
박자 맞추기에 여념이 없다

얼마나 오랫동안 한자리에
꼼짝없이 앉아 있었을까 하며
이제는 궁둥이 자리를 떼고 싶어서

성질 급한 마음을 사로잡지 못하고
역한 연기 들어오는 대로 마시며
싱숭생숭 바람에 온몸을 흔든다

4부

알 수 없는 힘

알 수 없는 힘

얼마나 무거운 힘이
짓눌러 있으면

소리 없이 다가온 새털구름에
무게를 견디지 못하고

산이 무너져 내리고
강의 둑이 터지는
요동치는 여름이 찾아올까

아무리 힘에 겨워도
힘들다 말하지 못하고

주는 대로 받아먹을 수밖에
다른 도리가 없는데

시키는 대로 무거운 등짐
허리가 부러질 때까지
짊어져야만 하는 현실이다

엎친 데 덮친 일상이
설상가상으로 다가온 오늘

예기치 못한 사건은
힘의 대결인가
나의 무모한 믿음인가

지구촌 곳곳에서 일어나는
불가사의한 현상들은

하나님의 힘에 도전하는
인간들의 무지한 힘의 결과물인가

알 수 없는 힘이
무겁게 짓누른다

하늘에 걸린 활

하늘에 커다란 활을
그려 놓았다
마음이 약하여
수많은 적들에게

공격의 대상이 되는
마음 약한 자들을 위해
하나님이 약한 마음을
지켜주시려고

그냥 보기만 하면
마음속으로 들어오는 활
마음 약하여
슬픔을 이기지 못해

눈물 흘리는 사람들을 위해
비가 내리는 날을 택했다
그냥 마음으로 잡기만 하면
마음속으로 들어오는 활

마음 강하여
슬픔을 떨쳐버릴 수 있도록
마음 약한 자들이
지나는 거리를 택하여

약한 마음으로 보면
찾을 수 있는
하늘에 커다란
활을 걸어놓았다

기 싸움

마음의 힘줄을 꺼내어 견주어 본다
어느 쪽이 강한지
날카로운 시선을 하늘에 세워
키재기를 한다

바라보는 시선의 굵기가 얼마나 두꺼운지
눈대중으로 측량을 해 본다

뜨겁고 차가운 기운에 따라
빠져나가고 들어가는
마음의 크기를
느낌으로 감지한다

이제는 깊숙이 들어간
마음의 푯대를 꺼내 놓고
굴곡진 근심 걱정
마음의 거리로 그 크기를 나눈다

철길 위에 사랑

천만 근 무게를 싣고
임 마중 나온 열차

깃털보다 가벼운 마음으로
플랫폼 레일 위에

조심스럽게 발끝을 세우고
고양이 걸음 걸으며

살금살금 조심스럽게
미끄럼을 탄다

임의 향취 때문일까

뜨거운 입김
감추지 못하고

가쁜 숨소리보다
더 크게 속마음을 꺼내 놓는다

이제는 잠깐의 눈 맞춤으로
다시 이별의 아픔을 전하는

가슴에 품고 있는 날개가 되어
하늘 위로 활짝 펴 날린다

작별은 애잔한 인사

레일 꼭 부여잡고 나누며
철컹거리는 소리로

눈물 애써 외면하고
철심을 삭혀가며 달린다

어두운 구석이 있다면

어떻게 하든지 어두운 구석까지
밝은 빛이 들어갈 수 있도록
틈을 벌릴 수만 있다면

내 마음이 따뜻해질 수 있겠지

내가 가지고 있는 작은 불씨 하나
꺼뜨리지 않고
어두운 구석을 찾아갈 수만 있다면

내 아픔이 치유될 수 있겠지

어떻게 하든 어두운 구석까지
밝은 빛이 들어갈 수 있도록
뒤에서 밀어줄 수만 있다면

내 고통이 위로될 수 있겠지

슬픔 빠져나가고

얼마나 울고 싶었으면
가슴 미어지는
슬픔을 참아내지 못하고

바람도 불지 않은 가운데
산을 움직여 슬픔을
온몸으로 쓸어낸다

하늘에서 떨어지는
폭포수로 속에 남아 있는
감정을 모두 담아내어

울고 또 울고 지쳐서
우는 울음을 다 쏟아내는
울음 바다 속으로

퐁당 빠져버리면
슬픔은 내 것이 아니라
하늘 것이 되는 것

하늘은 내 혼에 불을 지피며
내 혼이 완전히
빠져나갈 때까지

천둥소리와 지축을 흔드는
우렛소리로 슬픔
지구에서 빼낸다

터널 속의 벽화

어둠에 붙잡힌 지하 토굴
두려움 가득 맴돌이하고
양지바른 햇살 줄기는
들어올 틈도 없이 꽉 막힌 채

숨어서 지내야 하는 막장의 끝
부러움의 대상을 스케치한다

서러운 눈물을 고이 삼키고
조색과 배색을 골고루 섞어
금방이라도 쓰러질 듯이
들어오는 시심 조각끌로 새기며

마음을 추스르지 못해
빠져나가지 못한 그리움으로
깊은 잠을 깨우면서 달빛 한 조각
들어올 수 있도록 채색을 한다

걸러낼 수만 있다면

아무리 나쁜 생각
머리끝까지 차올라가
나쁨이 마음속에
가득 차 있을지라도
밖으로 착한 생각만
빠져나올 수 있을까

아무리 비뚤어진 생각
세상을 감싸 안고
비뚤어짐이 마음속에
넘쳐나 있을지라도
밖으로 올바른 생각만
흘러나올 수 있을까

아무리 험난한 생각
마음을 꽉 쥐어짜고
모든 것이 마음속에
험난해 있을지라도
밖으로 평탄한 생각만
정리될 수 있을까

아무리 심술궂은 생각
거꾸로 뒤집어놓고
심술이 마음속에
자리 잡고 있을지라도
밖으로 똑바른 눈높이만
바라볼 수 있을까

걸러낼 수만 있다면

커피 시(詩)향

잡다한 생각의 결정체
까맣게 응집될 때
그라인더 속에 집어넣어
잘게 부수고 때로는 거칠게 쪼개어

뜨거운 감정 눈물과 함께
고운 필터로 걸러 내
컵 속에 고운 생각이 가득 고이면

내 속 깊은 우물에 정체된 감성 주머니
코끝으로 자극
말할 수 없는 쫀득한 어휘

감칠맛 나는 시감에
도취되어 있을 때
한 편의 커피 시(詩)향
감미롭게 마신다

비뚤어진 시선

정직하게 들어오는
시심의 시선
똑바로 놓고 보다가

잠시 깊은 마음속
시 언덕에 숨어 있는
한 줄기 시편을 끄집어내기 위해

비뚤어지게 서서
때론 굴곡지게 앉아서
다른 방향에서 바라본다

그래도 진주 같은
시선 조각이 눈에
들어오지 않으면

다시 한번 비뚤어서
다르게 바라보고
또 다른 변곡선을 찾아

내비치는 시선을
나의 비뚤어진 마음에 놓고
바른 세상에서 볼 수 없었던

보석 같은 시심 하나를
때론 세상 너머에서
비뚤어지게 찾는다

5부

아스팔트에 핀 꽃

아스팔트에 핀 꽃 (1)

빗물 한 방울
들어갈 수 없는
메마른 땅에서

꽃씨
바람에 날아와
들어간 틈바구니

그 속 좁은 세상에서
뿌리를 내리고 싹을 틔워

잎을 내밀기까지
고통의 순간은
며칠이 되었던가

가슴이 찢어지는
아픔을 잊고

손발톱이 터지는
슬픔을 뒤로 한 채

하늘 향하여 꽃대를
내밀어 올리기까지

인내의 길은
떨어지는 눈물 자국마저

하얗게 지우고
깡마른 심령 위에

한 맺힌 꽃 한 송이
까맣게 올려놓았습니다

아스팔트에 핀 꽃 (2)

누가 무엇이라 해도
당당하게 뿌리를 내리고
불평 한마디 없이
하늘을 향하여 몸집을 키웠습니다

조그마한 실수를 하면
말할 수 없는 지적질로
가슴을 파헤치는 세상에서

흙냄새를 모르는 도시의 빈자들에게
처절한 미움과 말로 표현 못 하는
수모를 한 몸 가득 받아야 했습니다

설령 온몸이 찢어지고
마음이 송두리째 뽑혀 나가는
십자가의 형벌을 당한다고 해도

얼마나 강인한 심장을 갖고
태어났는지를 보여주기 위해
흙 한 줌도 없는 대지 위에서
보란 듯이 꽃을 피웠습니다

아스팔트에 핀 꽃 (3)

가진 것 하나 없는
빈집에서 태어났습니다
아무리 많이 가진 자
부러워하지 않고 자라났습니다

먹을 것 하나 없는
흙 수저로 태어났습니다
풍성한 먹거리 탐하지 않고
영양실조 두려움 안고 싸웠습니다

돌보아 주는 이 하나 없는
광야에서 태어났습니다
밝은 태양 빛에 기죽지 않고
달빛 설움을 이겨냈습니다

주변에 친구 하나 없는
외톨이로 태어났습니다
불쌍하고 측은한 시선에
굴절되지 않은 꽃이 되어

이제는 가장 가난한 자의
심령이 되어 세상에서
가장 약한 자를 위로하는
아스팔트 사랑꽃으로 피어났습니다

아스팔트에 핀 꽃 (4)

힘들어하는 도시의 방랑자들이
고단한 삶을 이기지 못하고
처량한 마음을 억누르지 못할 때

가진 자들에게 심장이 짓밟히고
높은 자들에게 가슴이 찢겨 나가는
없는 자의 서러움을 삭여야 할 때

모든 것 포기하고 싶은 충동으로
허무한 인생의 낭떠러지에서
구원자의 손길이 요청될 때

아침에 떠오르는 태양을 보고
오늘도 살아 있다는 현실이
너무 불쌍하다고 여겨졌을 때

그때는 상처 입은 마음 안아주고 싶고
그래도 살아갈 희망이 있다는
증표를 보여주고 싶어서

아스팔트 죽음의 땅을 딛고 일어나

벼랑 끝 위기 가운데에서도

절망을 승화시킨 소망의 꽃을 피웁니다

아스팔트에 핀 꽃 (5)

지금 서 있는 자리가
너무 초라하고 궁색해서
자리를 박차고 나갔다가

얼굴 가리며
쥐구멍을 찾아 들어와
숨어 있는 모습입니다

가슴으로 다가오는
달빛 그림자조차
너무 싫은 삶의 흔적입니다

응달진 구석
비밀스러운 아지트
가슴 다 열어젖히지 못하는
틈바구니의 생활입니다

애련한 사연들을 모아서
장롱 깊은 데에
숨겨 놓은 사람들이
몰래 기거하는 장소입니다

이제는 당당하게
세상 밖으로 나올 것을
주문하는 햇살 앞에

아스팔트 속살을 뚫고
거친 세파에서 보란 듯하게
서 있는 내일의 꽃입니다

아스팔트에 핀 꽃 (6)

차들이 질주하는
도로 한복판
구석진 자리
초록 풀잎이 긴장합니다

주변은 온통
검은색 아스팔트
매끈하게 포장된 길모퉁이

햇볕도 들지 않은
좁은 회색 틈새 하나

하얀 빗물 한 방울
겨우 먹고 힘을 내어
보이지 않은 빨간 숨통
길을 냅니다

이제는
푸른 생명이 살아 있음을
존재감으로 선포합니다

모든 사람이
안 된다며
될 수 없다고 말하는 사이

미리 자리를 깔고
그래도 그늘을 사랑하고 싶어

어둠을 녹여
사랑 꽃을 화사하게 피웁니다

아스팔트에 핀 꽃 (7)

무지갯빛으로 꿈을 꾸면서
일곱 개의 인생의 짐을
홀로 짊어지고 있습니다

무겁다는 말도 못 하고
무게에 짓눌려 도시의 외로움에
잿빛 근심으로 퇴색하며

겉은 일곱 빛깔로 호화롭게
옷을 입었지만, 속은 암울한 현실로
뼈를 삭히고 있습니다

무거운 짐보다는 무서운 눈총이
좁은 틈새를 파고들어 와
온 마음을 빼앗고 주눅 들어도

그냥 초라한 시간을
멈추게 할 수만 있다면
꼭 붙잡고 움직이지 못하게 할까 봐

하지만 가장 밑바닥에 있는
작은 자의 모습으로
실의에 빠진 낙담자를 위하여

일곱 개의 빛깔로 꿈을 꾸듯이
약한 자의 주인공이 되는 아스팔트의
꽃은 흔들리면서도 피어났습니다

아스팔트에 핀 꽃 (8)

달빛이 비좁은 아스팔트 틈 사이로
들어와 궁색한 살림살이를 비추며
하나하나 참견합니다

달빛은 일어설 수도
앉아 있을 수도 없는 틈 안에서
궁색한 살림을
시린 눈으로 비춥니다

지붕도 없는 집에서
비가 오면 비가 오는 대로
눈이 오면 눈이 오는 대로

달빛이 들어오면 들어오는 대로
달빛과 친구가 됩니다

달빛에 들추어진 꽃망울은
꽃을 피워야 할지
말아야 할지 망설입니다

그래도 달빛은 꽃을 피워야 한다고
아스팔트 죽음의 땅에서
꽃대를 붙잡고 애원합니다

이제는 달 그림자 속에 있는
용기 잃어버린 영혼들이
아스팔트에 핀 꽃을 보며
죽었다가 다시 살아나고 있습니다

아스팔트에 핀 꽃 (9)

내 부족한 마음을 위해
아무리 넉넉한 마음이 찾아와도
채워지지 않을 것 같은 마음
서글픕니다

내 비약한 식사를 위해
아무리 풍족한 성찬이 마련되어도
먹을 수 없을 것 같은 마음
허전합니다

내 관계 개선을 위해
아무리 좋은 친구가 옆에 찾아와도
손잡아 줄 수 없을 것 같은 마음
불편합니다

그렇지만 아무도 찾아오지 않는 꽃동산에
나 혼자 홀로 서 있을 수만 있다면
아스팔트에 핀 꽃도
자랑할 수 있을 것입니다

6부

행복이라는 것은

행복이라는 것은

행복이라는 것은
만들어진 그 무언가를
뚝~ 하고 따내는 것이 아니라

세상에 없는 그 무언가를
사소한 마음으로 하나하나
만들어가는 것이고 싶다

행복의 파랑새를
휙~ 하고 찾아 떠나는
여행이 아닐 것이다

행복의 사진을
팍~ 하고 찍어내는
사진이 아닐 것이다

행복의 조각품을
여기요~ 하고 돈을 주고
사는 것도 아닐 것이다

내가 세상의 주인공이 되어
내 손으로 세상을
하나하나 만들고

내가 찍은 사진처럼
하나하나가
사랑이라는 작품이 될 때

행복이라는 것은
사랑의 조각품을
하나하나 관심의 정으로

세월의 돌을 쪼아
소소한 작품을
만들어가는 것이고 싶다

어머니의 장수 사진

내년이면
굽이굽이
아홉 길 돌아온
어머니의 고갯길

사각 틀 안에
담아 보고 싶다

꽃다운 청춘의 얼굴
굽이굽이
고갯길마다
투영하며

어머니의 얼굴에는
지나간 봄꽃이
그리움의 무게에
짓눌려
피어나고 싶다

거룩한 얼굴은
눈이 부서
카메라의 렌즈로
초점을 맞추지 못하고

영상 속에 맺힌
지나간 세월의 흔적을
굽이굽이
닦아낸 다음

세월 그림자 속에서
숨겨놓는
골진 언덕길

감추어진 화사했던
꽃길을
들추어내고 싶다

디지털카메라 속
굽이굽이
깊은 영상에서

꽃길로 걷던
그 시절로
되돌아가 보고 싶다

연필로 눈썹을
그렸던
흑백의 진한 파노라마
눈시울 붉어진 채로

세월의 아픈 흔적
그리움으로 채우고
굽이굽이
가슴에 품어 보고 싶다

하늘 구름과 어머니의 호숫가

하늘 구름이
까맣게 짓눌려 있다
숨이 막혀서 얼굴이
사각형으로 변하고 있다

하늘 구름이 빗물을 얼마나
오랫동안 가슴으로
품고 있었으면

육중한 무게를 이기지 못하고
까맣게 가슴을
태워야 했을까

그래도 한차례 빗물을
시원하게 하늘 호수에
쏟아내고

하늘 구름은 호숫가의
구름 속으로
빠져들어 간다

하늘 구름이 아무리 까맣게
지켜보고 있다고 해도
호숫가는 어머니처럼
가슴을 열고 반긴다

이제는 아무리 퍼부어도
넘치지 않을 것 같은
어머니의 가슴이
호숫가에 둥실 떠 있다

병사 휴가 마치는 날

병사 휴가 날 가지고 나왔던
날개가 펼쳐지지 않는다

하늘을 날던 새가
그만 땅에 떨어진다
날갯짓을 할 에너지가
완전히 고갈되었기 때문이다

이제는 날개가 숨 쉬는 것도 힘들다
마지막 남아 있던 시간의 무게감이
소멸되어서 그런가 보다

병사 휴가 마치는 날
완전히 방전된 날개를 부여잡고
잃어버린 날갯짓을
다시 도전해 본다

병사는 휴가 중

병사는 휴가 중
하늘 구름이
분주해졌다

병사의 마음을
위로해 주고
싶어서 그럴까

하늘 구름은
병사의 마음을 품고
하늘 위로 높이 오른다

땅 위에는
휴가를 모르는
장맛비가 줄기차게
내리고 있지만

하늘 구름 위에는
청명한 우주

둥근 태양이
병사의 마음을
헤아린다

지금 이대로 시간이
정지되길 바라는
마음으로

하늘 구름은
높이 더 높이
분주하게 오른다

병사는 휴가 중
하늘 구름 위에
두둥실 떠 있다

병사 휴가 나오는 길

병사 휴가 나오는 길
마중 나가려고
어젯밤 뜬눈으로 밤을 지새운
가슴 시퍼런 먹구름은

얼마나 긴장했으면
부대 철문이 열리기 전에
한바탕 눈물부터 쏟아내야 했을까

병사 휴가 나오는 길
얼마나 청명하게 쓸고 싶었으면
가슴 시퍼런 먹구름은

가슴속에 묻어 두었던
감정의 찌꺼기 모두 꺼내 놓고
길바닥 청소를 깨끗하게 했을까

병사 휴가 나오는 길
얼마나 애간장이 녹아 있었으면
가슴 시퍼런 먹구름은

뒤따라오는 태풍보다 앞서
아들 마중 나온 엄마 뒷전에 숨어
뜨거운 포옹 하며
서러운 감정을 쏟아내야 했을까

악해서가 아니고 약해서

악해서 울타리가 무너지는 게 아니고
약하기 때문에 울타리가 무너지는 게다

악해서 범죄와 짝하는 게 아니고
약하기 때문에 범죄와 짝하는 게다

악해서 짐승이 사람 되는 게 아니고
약하기 때문에 짐승이 사람 되는 게다

이제는 악해서
사람이 짐승 되는 게 아니고
약하기 때문에
사람이 짐승 되는 걸까

아프면 아파도

아프면 아파서
움직일 수 없다고
몸에게 말을 건넬까
움직이지 않으면
몸이 아프다고
아프면 아파도
움직여야 한다고

아프면 아파서
일어날 수 없다고
허리에게 말을 건넬까
일어나지 않으면
허리가 아프다고
아프면 아파도
일어나야 한다고

아프면 아파서
걸을 수 없다고
다리에게 말을 건넬까

걷지 않으면
다리가 아프다고
아프면 아파도
걸어야 한다고

아프면 아파서
뛸 수 없다고
나에게 말을 건넬까
뛰지 않으면
내가 아프다고
아프면 아파도
뛰어야 한다고

그래서
아프면 아파도
하늘 높이 달려야 한다고
몸에게 말을 건넬까

세월의 무게

얼마나 가벼웠으면
무게 중심
배꼽 위로 올라와
조그마한 바람에도

흔들흔들거리고
세월의 생채기
너무 무거워
가벼운 순위 정하여

밑으로 내려가지
못하고
바람 부는 대로
물결치는 대로

굳센 마음은
세월에 모두 빼앗기고
정하지 못한 마음만
허둥지둥하는

가벼운 상처들은
아물지 못하는
세월의 무게를
너무 서글프게 한다

내 마음속에 있는 구름

오늘 날씨가 후덥지근하다 못해
후텁지근하다
내 마음도 찌뿌둥하다

하늘 구름은 까맣게 몰려왔다가
겁먹은 강아지처럼
으르렁대기 일보 직전이다

일기 예보에서는
장마전선이 우리나라를
오르락내리락하고 있다고 한다

소낙비라도 시원하게
한바탕 내렸으면 하는
바람뿐이다

구름 너머에
또 다른 구름이 몰려올지라도
사나운 구름 빨리 지나가며

내 마음속에 있는 구름도
덩달아 움켜잡고 있는 구름
속히 놓고 지나가고 싶다

7부

한여름 밤의 꿈을 보내며

한여름 밤의 꿈을 보내며

하늘 천장까지 구름이
사다리를 타고
올라갔다가 내려온다

구름은 여름날을 싣고 갈
이삿짐 차를 찾기 위해
동분서주한다

하늘로 올라간 구름은
뜨겁게 달구었던
여름날의 추억을

꾸러미 속에
집어넣고 내려온다
단숨에 내려온다

승승장구하던
청푸른 나무의 기상도
땅 아래에서 하늘로 올리며
꾸러미 속에 들어간다

땀 흘리며 달리기하는
청춘의 세월도
하늘로 올라가고 있는
이삿짐 차에 동승한다

꾸러미로 꾸려진
이삿짐이 모두 이삿짐 차에
실어지는 날

이삿짐 차는
여름 하늘의 부푼 꿈을
지구 밖 우주에 내려놓는다

내년 이맘때가
오기 전에
여름날의 이삿짐 차도

더 많은 우주의 꿈을 싣고
한여름 밤의 꿈을
펼치며 하늘에서 내려올까

지구의 자전축을 잡아
하늘로 들어오는
구름사다리를 타고
올라갔다가 내려온다

여름날의 이사 준비

여름날은 짐을 싼다
소중하게 사용했던
여름의 추억들을 지우면서
꾸러미를 싼다

매미의 울음소리도
여름 소리를 죽여가며
이삿짐 속으로 집어넣는다

천둥은 다급해지고
태풍도 거친 바람과 함께
뜨거운 해수 온도를 낮추기 위해
서둘러 올라왔다가

마음에 들지 않은
여름 흔적을 지우기 위해
또다시 올라올 채비를 한다

하늘 구름은 높은 곳으로
떠날 이사 준비를 마쳤고
더부룩한 공기도
이삿짐을 싼다

길가에 있는 청푸른 나뭇잎들은
가을로 가는 길목에서
서둘러 가고 싶은 마음에
가을바람 부르며

가을로 떠나는
이삿짐을 바라보며
청푸른 손을 흔들어 댄다

늦여름의 소낙비가 내리는 이유

얼마나 답답하고
열불이 나는 일이 생기면
땅바닥에 주저앉아
갑자기 뜨거움을 호소하며
울고 있을까

무지하고 아무것도 모르는
악한 기운에 사로잡히면
어떻게 해야 할지 모르는
상황에서 뜨거운 눈물만
흘리고 있을까

이 모든 것에서
한줄기의 소낙비가 지나가면
다 해소될 것 같아
시간을 정하지 않고
무작정 울음바다를
만들고 있을까

세월이 강하지 못해서
담금질만 하면
물렁한 심성이 단단한 속살을
드러낼 수 있을 것 같아
차가운 물을
그냥 쏟아붓고 있을까

기세등등한 여름날의 꿈을
꾸기만 하면
팔팔 끓은 청춘의 피는
모든 것을 다 할 수 있다고
강하게 믿는데
이제는 세월의 무게를 이기지 못해
한줄기 소낙비에 풀이 죽어
눈물만 빼고 있을까

여름 정상에 서면

여름 정상은
변곡점 꼭대기에
올라가 있을까

여름 정상에 오르기까지
뜨거운 열기

한 몸에 안고
오르기에 열중한다

태풍을 등에 지고 오르면서
온몸은 공중 부양하는
묘기 대회에 참여한다

몸서리치는 장마에
둑이 터지는 아픔으로
슬픔을 곱씹어야 한다

여름 정상에 오르면
다른 모든 것은

다 해결되는 강한 믿음으로
앞만 보며 오르기에
열중한다

이제는 여름 정상에 서면
눈물겨운 산 오르기
작별을 고할 수 있을까

매미의 여름 목소리

태양 볕이 뜨겁게
내려올 때를 기다려
시원한 나무 그늘에 앉아
매미가 노래를 한다

피아노 A 음보다 더 정확한
매미의 A 음을 찾아
여름이 왔다는 징표로
매미의 목소리가 기준을 선다

천둥 번개 요란한 고함에
긴장한 구름들 앞에서는
한여름 밤의 꿈이 되는
세레나데로 목소리를 가다듬고

달별들이 고요하게
잠들어 있는 동산에서는
목소리 낮추어 자장가 부르며
아기를 꿈나라로 인도한다

맴~맴~맴~맴~
태양 볕이 뜨겁게 다가온다고
매미의 여름 목소리로
시원한 바람을 부른다

선풍기의 스위치

무거운 공기가 안방을 누르면
불가마 속 더위에
속불이 올라오고

열불이 파헤쳐지는
수모와 굴욕을
땀방울 뚝뚝 흘리며

열심히 인내의 한계를
저울질하여
왔다 갔다 하는데

겨울 냄새를 냉랭하게
풍기며 가슴속까지
시원하게 날려줄 차가운 바람은

모든 것 다 잊게 해 줄
신선한 바람과 함께
깊은 산속에서 안방까지

날아온 신록의 바람이 되어
요술 방망이로 뚝딱 내려치듯이
선풍기의 스위치에 꾹꾹 눌러 보낸다

선풍기의 날개

하늘을 향하여
날고 싶어서
어깨에 날개를 달았다

휠~휠~
날갯짓을 하면
날아갈 수 있겠지

세찬 바람을 만들면
공중 위로
올라갈 수 있겠지

하늘을 향하여
새가 되고 싶어서
가슴에 날개를 달았다

풍~풍~
큰소리를 내면
올라갈 수 있겠지

땅에 매여 있는
사람들에게
날개를 달아주고 싶어서

힘찬 날갯짓
어떻게 해야 하는지를
알려주고 싶어서

배꼽에 날개를 달고
하늘을 향하여
새가 되어 날아보련다

선풍기의 바람

방안 구석진 자리에
정체성을 잃고 무기력하게
누워 있는 갈 길 잃은 바람에게

새 일로 도전을 주게 하고자
바람 날개옷을 입히고
새로운 춤을 추게 한다

회전하는 날개를 통과시키고
독수리 날개 치며 하늘을
올라가는 새바람을 얻게 한다

갑자기 일어난 기운
새 힘과 새 능력으로
무엇이든 다 할 수 있겠다는

자신감이 마음 깊은 곳까지
찾아오면 약함에서 강함으로
변화의 새바람을 따로 주문한다

그러면 약한 바람을 일으켰다가
갑자기 미풍이 되기도 하고
태풍 같은 강풍이 되는

요술 바람은 동산 가운데 있는
바람 친구들을 모두 다
방안으로 불러들인다

도심에 들어온 바람

시원함을 체로 걸러내고
밖으로 나온
찌뿌둥한 바람
에어컨 실외기 주변을 맴돈다

어디 갈 곳 있는가
주변을 둘러봐도
시원하게 앉아 있을
편안한 바람은 찾지 못하고

분주하고 쌀쌀한
거리의 사람들은
무엇이 그렇게도 바쁜지
발걸음만 바람 걸린다

아무리 가까운 사이에
찾아온 바람이라 해도
마음을 터놓지 않고
거리 두기를 생활화한다

하지만 도심에 들어온 바람
가슴 시원함을 꿈꾸며
다정하게 거리의 벤치에
앉아서 평온한 오침을 즐긴다

빗줄기 창문가에 서서

창밖에 어둠의 무대가 내리고
가로등 조명이 점점이 밝아지면

말없이 내리는 빗줄기는 창문을
두드리면서 하고 싶은 말을
꺼내 놓으며 복받친 슬픔 이기지
못하고 이내 통곡 소리 문가에 서성인다

속에 있는 감정을 드러내지 못해
속심이 까맣게 문드러졌는데
유리창에 새겨지는 감정의 속살은
슬퍼 눈물짓다가 이내 기뻐 춤을 춘다

창밖에 어둠이 더 짙어지기 전에
빗줄기는 창문가에 홀로 서서
하고 싶은 말 다 꺼내놓을 때까지
달님 구름 뒤에 숨어 조용히 엿듣는다

8부

나눔을 사랑하는 사람

나눔을 사랑하는 사람

다 채워지지 않는
그 무엇을
사랑하는 마음으로
바라볼 수 있다면
그것은 행복이다

부족한 것
갈급한 것
나눔을
받을 수밖에 없는 것

그것은 행복을
말하기 위해
찾아오는
어휘의 일부분

무엇을 먹기 위해
부족을 느꼈다면
그것은 불행이 아닌
행복의 갈증이다

사랑하기 위해
사랑의 갈급을 느꼈다면
그것은 더 큰 사랑을
받기 위한
행복한 사람의 갈급

다 채워지지 않는
그 나눔을
사랑하는 마음으로
바라볼 수 있다면
그는 행복한 사람이다

태풍이 물러간 아침

햇살이 긴장을 풀고
긴 기지개를 켜며
살갑게 맞이하는

따스함으로 온 대지 위에
포근하게 뒤꿈치를 들고
아침에 내려옵니다

밤새 전투의 현장에서
총칼을 들고 싸웠던 용병들은
완전히 포기한 상태에서

깊은 무덤에 모두 들어가고
다시 잠에서 깬 부활의
아침을 맞이합니다

눈이 부시도록 찬란함이
어둠을 이겨내고
완전히 부서진 자아를

다시 추스르며
경직된 마음 밭을
갈아엎는 기경의 현장에서

승리의 깃발을 높이 세우고
완전 평화를 노래하는
은혜의 강물이 되어

평화의 물결이 넘실거리는
이완된 햇살 줄기가
아침을 깨웁니다

천둥소리

하늘은 달빛도 별빛도
들어오지 못하게
흑구름으로 먼저 진을 치고

어둠이 온 천지에 가득 내리면
긴 장대 이리저리 흔들며
춤을 추고 찾아오는 빗방울

우두둑거리는 소리로
허공에 질러대도
들어주는 사람이 없어

그냥 마음 놓고
천 길 낭떠러지를
공중묘기 하듯이 떨어지며

마음속에 담아놓은
근심 광주리
한 번에 내쳐 떨어지라고

천둥과 합세하여
흑구름 너머 구석구석에
큰 소리 풍선 심어놓고

우주에서 레이저 광선총
발사할 때를
기다려

하늘은 우르르 쿵~쾅~
큰 소리 풍선 한꺼번에
내쳐 터뜨린다

소나기 내리는 날

갑자기 어둠의 길을 드러내며
생각할 여유도 없이 나타나
천둥과 손잡고 번개처럼 왔다가

두려운 심장 가리고 두근거리며
가는 길을 막고 찾아오는 손님이 되어
동에 번쩍 서에 번쩍 달리기를 한다

흑구름 속에 몸을 감추고 바람 뒤에
숨어서 비밀스럽게 얼굴 내비치며
장막 가운데 본심을 드러내고
갈급한 사람에게만 눈물을 흩뿌린다

아무리 그만이라고 손을 저어도
쏜살같이 문을 밀고 찾아와서
이제는 눈 가리고 귀 막고 서서
하늘 높이 장대 들어 키재기만 한다

아침 구름

신선한 아침 공기를 마셨기 때문일까
하늘 구름이 햇살을 등에 지고
부지런히 멋들어진 그림을
푸짐하게 그린다

호화찬란한 대궐 같은 집을
그렸다가 지우고
대관령 양떼목장이 순식간에
영화 스크린 속에서 펼쳐진다

하나님께서 마술 손으로 천지 창조하시던
설계도가 레이어 창으로 오버랩 된다
아무리 어려운 그림도
하늘 구름은 요술 방망이로
뚝딱뚝딱 두드리는 대로 그림이 된다
하늘 구름이 아침 공기를
신선하게 마시며 그림을 그린다

흑암 장막을 뚫고

하늘은 흑암 장막으로
세상을 감싼다

어둠의 세력은
기세등등하게 지구 위에서

천사 날개 달린
새털구름을 몰아내고

새까맣게 변장한
흑구름을 불러 모은다

더 두렵고 더 깜깜하게
빛을 차단하며

내 마음속에 몰려 들어온
어두운 그림자로

깨끗한 빛줄기를
아무리 감싸고 감싼다 해도

까만 어둠이 이겼다고
모두 다 큰소리 높여도

꺼질 듯한 약한 빛줄기는
흔들리는 작은 소망 하나만 들어도

하늘의 흑암 장막을 뚫고
세상 밖으로 나간다

고장 난 빨강 신호등

신호등이 고장이 났다
빨강 신호등에
불이 들어오지 않는다

멈춘 후에 시간을 잃어버렸다
청초록한 시간만
흘러갈 뿐이다

언제나 청춘처럼
신호등은
청춘의 시간이 되어 흐른다

청춘은 잠깐이다
잠깐의 시간은
순식간에 지나간다

신호등이 고장 난 후에
빨강 신호등이
순식간에 들어오기 전까지

시간의 흐름을
정지하지 않기 위해
빨갛게 멈추어 버린 시간을 잊는다

청초록한 인생을 찾는다
신호등
고장 나 있을 때까지

생명의 존재 가치

생명은 아슬아슬하게
삶의 끈을 잡고 있다

금방이라도 끈을 놓으면
생명은 우주 끝으로
도망갈 것 같은
거미줄 같은 끈을 잡고 있다

아침 태양이 떠오르면
거미줄은 어둠을 걷고

시야에서 사라질 것 같은
약한 삶의 무게

생명의 존재 이유는
약한 삶의 끈 속에 있다

아무리 사악한 존재가
생명을 위협한다고 해도
사망하지 않고

생명은 삶의 끈을
붙잡고 있는 한
존재의 가치가 되어

삶은 단단하고 강하게
생명의 끈을 잡고 있다

아침 안개여 임은

아침 안개여 임은
사회적 거리 두기를 강화했다는 소식에
눈을 감고 있나요

눈을 뜨면 금방이라도
세상이 환하게 드러나는 것을
잠시라도 눈 감고 있는 것이
편하다고 말하는 아침 안개여

오늘 아침은 잠시나마
신기루와 같은 당신의 세상 속에
들어가 보고 싶어집니다

광야 같은 세상에서
마실 물을 구하는 백성들이 아닌
마시지 못할 부동산에 눈이 먼 백성들
그들을 보고 싶지 않아
차라리 눈을 감고 있는 당신

이 모든 것이
아침 안개라면
차라리
밝은 태양 빛이 밝아오기만을
기다릴 텐데

아침 안개여 임이여
코로나19에 놀란 가슴만
진정하며 이 또한 지나가리라 하는
길목 앞에서 당신을 기다립니다